KB064517

「월간 내로라」 시리즈는

원서를 나란히 담고 있습니다.

단숨에 읽고 깊어지시길 바랍니다.

"The more I learn about people,

the more I like my dog."

Mark Twain

"인간을 알게 될수록,

내 개가 좋아진다."

마크 트웨인

어느 개 이야기

깊이를 더하는 글

어 느 개 이 야 기

마 크 트 웨 인

bluefairy 정지은 <Aileen Mavourneen and Baby II> 2021 mixed media 51.5x72.8cm

제 1 장
홀륭한 엄마

My father was a St. Bernard, my mother was a collie, but I am a Presbyterian. This is what my mother told me, I do not know these nice distinctions myself. To me they are only fine large words meaning nothing.

My mother had a fondness for such; she liked to say them, and see other dogs look surprised and envious, as wondering how she got so much education.

But, indeed, it was not real education; it was only show: she got the words by listening in the dining-room and drawing-room when there was company, and by going with the children to Sunday-school and listening

아빠는 세인트버나드, 엄마는 콜리, 나는 프레스비테리언이다. 엄마가 그렇게 말해주었다. 사실 나는 우리 각자가 어떻게 다르고 왜 다른 이름으로 불리는지 알지 못한다. 의미를 알지 못하는 나에게는, 그저 거창한 단어일 뿐이다.

그런 거창한 단어를 엄마는 참 좋아한다. 내뱉는 순간 시선을 받는 걸 즐긴다. 다른 개들은 놀라움과 부러움의 눈빛으로 엄마를 바라보며, 얼마나 높은 수준을 받은 건지 가늠하려 한다.

사실 교육이랄 것을 받은 적은 없다. 일종의 쇼에 가깝다고 할까. 엄마는 거창한 단어를 주워 모은다. 사람들이 식당이나 거실에 모여 앉아 이야기를 나눌 때면 근처에 자리를 잡고 귀를 기울인다. 일요일이 되면 아이들을 따라 주일학교에 가서 이

there; and whenever she heard a large word she said it over to herself many times, and so was able to keep it until there was a dogmatic gathering in the neighborhood, then she would get it off, and surprise and distress them all, from pocket-pup to mastiff, which rewarded her for all her trouble.

If there was a stranger he was nearly sure to be suspicious, and when he got his breath again he would ask her what it meant. And she always told him.

He was never expecting this but thought he would catch her; so when she told him, he was the one that looked ashamed, whereas he had thought it was going to be she.

The others were always waiting for this, and glad of it and proud of her, for they knew what was going to

야기를 듣는다. 주워들은 단어를 혼자 몇 번이고 되뇌며 기억했다가, 개들이 모이는 자리를 만들어 자연스러운 척 사용한다. 어려운 단어를 들으면 작은 애완견이고 거대한 마스티프고 할 것 없이 모두 다 혼란스러워서 얼어붙는다. 분명 단어를 수집하고 기억하는 과정은 쉽지 않겠지만, 엄마는 이 순간을 위해 기꺼이 그 수고를 들이는 것이다.

엄마를 모르는 개가 그 자리에 있다면, 거창한 단어에 잠시는 멈칫 하지만, 이내 의심이 덕지덕지 붙은 목소리로 뜻을 물으며 은근슬쩍 도전을 건다. 엄마는 후퇴하는 법이 없다.

당연히 의미를 모르고 사용했겠다고 생각하고 망신을 주려는 목적으로 도전을 걸었기 때문에, 엄마가 단어의 의미를 설명하고 나면 오히려 엄마를 추궁했던 개가 망신당한 얼굴이 되어버린다.

이러한 도전과 망신은 상당히 자주 반복되기에, 엄마를 잘아는 개들은 그저 엄마를 자랑스럽게 여기며 그 상황을 은근히

happen, because they had had experience.

When she told the meaning of a big word they were all so taken up with admiration that it never occurred to any dog to doubt if it was the right one; and that was natural, because, for one thing, she answered up so promptly that it seemed like a dictionary speaking, and for another thing, where could they find out whether it was right or not? for she was the only cultivated dog there was.

By and by, when I was older, she brought home the word Unintellectual, one time, and worked it pretty hard all the week at different gatherings, making much unhappiness and despondency; and it was at this time that I noticed that during that week she was asked for the meaning at eight different assemblages, and flashed out

즐겁게 바라본다.

엄마가 거창한 단어의 의미를 설명할 때면, 모두 집중하고 감탄하며 수긍하기에 바쁘다. 그 뜻이 정확한지 의심하는 개는 아무도 없다. 사실은 그 누구도 의심할 수가 없다는 게 정확한 표현일 것이다. 엄마는 잠시도 머뭇거리지 않고, 마치 사전에서 읽어내는 것처럼 즉각적으로 단어를 설명했으니까. 게다가, 애초에 정확한 의미 따위는 알 필요도 없다. 개들이 단어의 정의를 어디서 찾아보겠는가? 그 정도의 교양을 쌓은 개는 우리 엄마가 유일했는데.

시간이 흘러 내가 조금 더 자란 강아지가 되었을 즈음의 일이다. 엄마는 '무지한'이라는 단어를 수집해 왔었다. 일주일 내내 여러 모임에 참석하여 단어를 사용했고, 시비를 걸어오는 모든 개에게 수치심을 안겨 주었는데, 무려 여덟 번이나 반복되는 그 과정 동안에 단어에 관한 설명이 매번 다르다는 사실을 알게 되었다. 그때 나는 깨달았다. 사실 엄마는 거창한 단어의 의

a fresh definition every time, which showed me that she had more presence of mind than culture, though I said nothing, of course.

She had one word which she always kept on hand, and ready, like a life-preserver, a kind of emergency word to strap on when she was likely to get washed overboard in a sudden way—that was the word Synonymous.

When she happened to fetch out a long word which had had its day weeks before and its prepared meanings gone to her dump-pile, if there was a stranger there of course it knocked him groggy for a couple of minutes, then he would come to, and by that time she would be away down wind on another tack, and not expecting anything; so when he'd hail and ask her to cash in, I (the only dog on the inside of her game) could see her canvas

미를 공부한 교양 있는 개가 아니라는 사실을. 엄마는 순발력과 재치로 상황을 이어가는 능력이 있는 개였던 것이다. 당연한 말이지만, 나는 이 사실을 아무에게도 말하지 않았다.

엄마는 궁지에 몰렸을 때 바로 꺼내어 쓸 수 있는 구명의 단어를 준비해놓고 있었다. 그건 마치 갑작스러운 풍랑에 이리저리 휩쓸릴 때 바로바로 꺼내어 쓸 수 있도록 구명조끼를 준비해놓는 것과도 같았는데, 그 단어는 바로 '동의어'였다.

엄마는 거창한 단어를 하나 알게 되면 한동안은 반복해서 사용하다가 시간이 지나면 그 단어를 쓰레기통에 던져넣고 잊어버렸는데, 가끔 잊고 있던 단어가 툭 튀어나올 때가 있다. 의미도 같이 잊어버렸기에 엄마는 아무도 반응하지 않기를 바라며 자연스럽게 다른 이야기로 넘어간다. 하지만 그 자리에 엄마를 처음 보는 개가 있다면, 거창한 단어의 등장에 잠시 얼어붙었다가, 상황을 중단시키고 다시 도전을 건다. 추궁 게임에서 엄마의 편에 선 유일한 개는 나 하나라서 그런지, 내게는 엄마가

flicker a moment–but only just a moment–then it would belly out taut and full, and she would say, as calm as a summer's day, "It's synonymous with supererogation," or some godless long reptile of a word like that, and go placidly about and skim away on the next tack, perfectly comfortable, you know, and leave that stranger looking profane and embarrassed, and the initiated slatting the floor with their tails in unison and their faces transfigured with a holy joy.

And it was the same with phrases. She would drag home a whole phrase, if it had a grand sound, and play it six nights and two matinees, and explain it a new way every time–which she had to, for all she cared for was the phrase; she wasn't interested in what it meant, and knew those dogs hadn't wit enough to catch her, anyway.

순간적으로 당황하며 기억을 더듬는 모습이 보인다. 하지만 그건 아주 찰나이기에 그 누구도 알아채지 못했을 것이다. 엄마는 배부른 개처럼 여유롭게 아랫배를 내밀며 한가로운 여름날과 같은 고요하고 차분한 목소리로 말한다.

"그건 과다업무와 동의어랍니다."

이렇게 비슷하게 복잡한 단어를 사용하는 것이다. 흥미진진해진 다른 개들이 꼬리로 바닥을 탁탁 치는 동안, 엄마는 여유로운 발걸음으로 패배자 주변을 맴돌다가 유유자적 사라지고, 상대의 얼굴은 수치심으로 벌겋게 물든다.

단어뿐 아니라 문장도 마찬가지다. 대단하게 느껴지는 문장을 만나면 통으로 외워서 사용하고 다녔는데, 여섯 번의 저녁 모임과 두 번의 오전 모임에서 시비가 걸렸고, 매번 다른 의미로 문장을 설명했다. 말했다시피, 엄마는 의미 따위에 관심을 두지 않기 때문이다. 게다가, 잘못된 뜻을 알아챌 만큼 똑똑한 개는 어차피 없었다.

Yes, she was a daisy! She got so she wasn't afraid of anything, she had such confidence in the ignorance of those creatures. She even brought anecdotes that she had heard the family and the dinner-guests laugh and shout over; and as a rule she got the nub of one chestnut hitched onto another chestnut, where, of course, it didn't fit and hadn't any point; and when she delivered the nub she fell over and rolled on the floor and laughed and barked in the most insane way, while I could see that she was wondering to herself why it didn't seem as funny as it did when she first heard it.

But no harm was done; the others rolled and barked too, privately ashamed of themselves for not seeing the point, and never suspecting that the fault was not with them and there wasn't any to see.

그렇다. 엄마는 정말 멋졌다. 두려워하는 것은 아무것도 없었고, 다른 개들의 무식함에 관하여 무한한 확신을 가지고 있었다. 가족들이 저녁 식사를 하며 웃고 떠들었던 일화를 엄마는 가만히 듣고 잘 기억했다가 다른 개들에게 말해주기도 했다. 여러 이야기를 짜깁기한 것이라 요점도 사라지고 맥락도 흐려져서 재미있지 않았는데, 그래도 엄마는 그 이야기가 세상에서 가장 재미있는 것처럼 멍멍 짖으며 뒤로 자빠져 웃었다. 하지만 엄마의 모습을 뒤에서 지켜보던 나는 분명히 보았다. 엄마는 아무도 모르게 고민하고 있었다. 처음 들었던 이야기는 분명 무척이나 재미있었는데, 엄마가 옮긴 이야기는 왜 처음처럼 재미나지 않은 것인지 말이다.

아무래도 상관없었다. 다른 개들도 엄마를 따라 구르고 짖으며 박장대소했기 때문이다. 이해하지 못한 부끄러움을 감추느라 그들은 자신들이 부족해서가 아니라 요점 따위는 처음부터 존재하지 않았다는 사실을 알아채지 못했다.

You can see by these things that she was of a rather vain and frivolous character; still, she had virtues, and enough to make up, I think.

She had a kind heart and gentle ways, and never harbored resentments for injuries done her, but put them easily out of her mind and forgot them; and she taught her children her kindly way, and from her we learned also to be brave and prompt in time of danger, and not to run away, but face the peril that threatened friend or stranger, and help him the best we could without stopping to think what the cost might be to us.

And she taught us not by words only, but by example, and that is the best way and the surest and the most lasting.

Why, the brave things she did, the splendid things!

그렇다. 엄마는 다소 경박하고 허풍이 심한 편이었다. 하지만 그런 단점을 모두 뒤덮을 정도로 엄마는 멋지고 매력적이었다. 정말로 그랬다.

참으로 친절했고 온화했다. 누군가 자신에게 상처를 주더라도 원한을 품지 않았고, 머릿속에서 빠르게 지우고 쉽게 잊어버렸다. 엄마는 그런 삶의 방식을 우리에게도 가르쳤다. 우리는 위험이 닥친 순간에 용기를 내라고 배웠고, 친구뿐만 아니라 모르는 이가 위협을 받고 있어도 함께 맞서 싸우라고 배웠다. 어떤 대가를 치르게 될지는 계산하지 말고, 최선을 다해서 대담하게 달려들라고, 그리고 위험에 닥친 이들을 도와주라고, 엄마는 가르쳤다.

엄마는 거창한 단어나 문장으로 우리를 가르친 것이 아니었다. 자기 삶으로 본보기를 보이며 알려 주었다. 그거야말로 가장 확실하게 오래도록 기억할 방법이기 때문에.

엄마는 용감했다. 그리고 훌륭했다. 마치 군견과도 같았다.

she was just a soldier; and so modest about it-well, you couldn't help admiring her, and you couldn't help imitating her; not even a King Charles spaniel could remain entirely despicable in her society. So, as you see, there was more to her than her education.

거기에 겸손함까지 갖추어 존경하지 않을 수가 없었다. 모두의 롤모델이었고, 선생님이었다. 제아무리 킹찰스 스패니얼이라도 엄마 앞에서는 제멋대로 못된 행동을 할 수 없었다. 그러니까, 거창한 단어나 사용하지 않아도, 수준 높은 교육을 지 않아도, 엄마는 그 자체만으로도 특별했다.

제 2 장
진정한 보상

When I was well grown, at last, I was sold and taken away, and I never saw her again.

She was broken-hearted, and so was I, and we cried; but she comforted me as well as she could, and said we were sent into this world for a wise and good purpose, and must do our duties without repining, take our life as we might find it, live it for the best good of others, and never mind about the results; they were not our affair.

She said men who did like this would have a noble and beautiful reward by and by in another world, and although we animals would not go there, to do well and

어느 정도 자란 후에 나는 다른 곳으로 팔려 가게 되었다. 그리고 그 이후로는 엄마를 다시 볼 수 없었다.

가슴이 찢어지는 것 같았다. 엄마도 나도 그렇게 느꼈다. 엄마의 품에 안겨 펑펑 우는 동안 엄마도 나를 위로하며 눈물을 흘렸다. 엄마는 말했다. 우리는 더 크고 원대한 목적을 이루기 위해 세상으로 보내지는 것이니 불평하지 말고 사명을 다하라고, 운명을 받아들이며 언제나 다른 이들을 위하라고, 그리고 노력의 결과는 우리의 몫이 아니니 생각하지 말라고 했다.

사람이 이렇게 살면 죽음 너머에 존재하는 영원한 나라에서 가서 찬란하게 아름다운 보상을 받게 된다고 했다. 우리는 짐승일 뿐이라 그 세계에는 갈 수 없겠지만, 올바른 길을 걸으

right without reward would give to our brief lives a worthiness and dignity which in itself would be a reward.

She had gathered these things from time to time when she had gone to the Sunday-school with the children, and had laid them up in her memory more carefully than she had done with those other words and phrases; and she had studied them deeply, for her good and ours.

One may see by this that she had a wise and thoughtful head, for all there was so much lightness and vanity in it.

So we said our farewells, and looked our last upon each other through our tears; and the last thing she said- keeping it for the last to make me remember it the better, I think-was, "In memory of me, when there is a time of danger to another do not think of yourself, think of your mother, and do as she would do."

면 우리의 짧은 삶도 가치 있고 존엄해지는 것이니 그 자체로도 진정한 보상이 되는 것이 아니겠냐고 말해주었다.

엄마가 해준 말은 아이들을 따라 주일학교에 갈 때마다 조금씩 모아두었던 것이 분명했다. 자랑하기 위한 단어나 문장을 고를 때보다 훨씬 더 신중하게 선별하고, 혼자서 그 말들의 의미를 깊이 생각해보며, 엄마와 우리의 앞날을 위하여 가장 도움이 될 것 같은 말들을 추려냈을 것이다.

여기서 엄마의 모습이 잘 나타난다고 생각한다. 엄마는 현명하고 지혜로웠다. 약간의 경박함과 허영심이 있었을지라도.

눈물이 앞을 가렸다. 뿌연 시야 너머로 우리는 서로의 마지막 모습을 바라보며 작별 인사를 했다. 엄마는 아껴두었던 이야기를 마지막으로 꺼냈다. 내가 오랫동안 기억하기를 바라는 마음으로 아껴두었던 것이 분명했다.

"만약 위험과 맞닥뜨리면, 이 엄마를 떠올리렴. 너 자신의 뜻대로 하지 말고, 내가 어떻게 했을지를 먼저 생각해보렴."

Do you think I could forget that? No.

어떻게 잊을 수 있겠는가. 엄마의 마지막 말을.

제 3 장

새로운 집

It was such a charming home!-my new one; a fine great house, with pictures, and delicate decorations, and rich furniture, and no gloom anywhere, but all the wilderness of dainty colors lit up with flooding sunshine; and the spacious grounds around it, and the great garden-oh, greensward, and noble trees, and flowers, no end!

And I was the same as a member of the family; and they loved me, and petted me, and did not give me a new name, but called me by my old one that was dear to me because my mother had given it me-Aileen Mavourneen.

She got it out of a song; and the Grays knew that

새로운 집은 무척이나 근사했다! 엄청나게 크고 예쁜 건물 구석구석에는 고풍스러운 가구가 자리했고, 벽면 여기저기에는 웅장한 그림이 걸려 있었다. 그늘이 내려앉은 곳은 아무 데도 없었다. 햇살이 반짝이며 자연 고유의 색채를 비추었고, 정원은 또 어쩌나 넓은지 웅장한 나무와 흐드러지게 핀 꽃밭은 그 끝이 어디인지 보이지 않을 정도였다.

　　새로운 가족은 금방 나를 받아들여 주었다. 나를 매우 사랑하여 자주 쓰다듬어주었고, 새 이름을 지어주는 대신 원래의 이름으로 불러 주었다. 엄마가 지어주었기에 내게는 아주 소중하고 큰 의미가 있는 이름이었는데, 바로 에일린 마보닌이었다.

　　엄마는 그 이름을 어느 노랫말에서 따왔다고 했다. 그레이

song, and said it was a beautiful name.

Mrs. Gray was thirty, and so sweet and so lovely, you cannot imagine it; and Sadie was ten, and just like her mother, just a darling slender little copy of her, with auburn tails down her back, and short frocks; and the baby was a year old, and plump and dimpled, and fond of me, and never could get enough of hauling on my tail, and hugging me, and laughing out its innocent happiness; and Mr. Gray was thirty-eight, and tall and slender and handsome, a little bald in front, alert, quick in his movements, business-like, prompt, decided, unsentimental, and with that kind of trim-chiseled face that just seems to glint and sparkle with frosty intellectuality!

He was a renowned scientist. I do not know what the

부부도 노래를 알고 있었고, 예쁜 이름이라 칭찬해 주었다.

그레이 부인은 서른 살로, 어찌나 상냥하고 아름다운지 만나보지 못 한 사람은 상상도 못 할 것이다. 적갈색 머리를 땋아 늘어트린 열 살의 새디도 역시나 사랑스러워서 그레이 부인의 축소판 같았다. 갓 돌이 지난 통통하고 귀여운 아기도 있는데, 어찌나 나를 좋아하는지 온종일 따라다니며 꼬리를 잡으려고 안간힘을 쓴다. 어쩌다 내가 잡혀주면 품에 안겨 활짝 웃는데, 그 미소에는 순수한 기쁨이 가득하다. 그리고 이 집의 주인, 그레이씨는 서른여덟 살이다. 머리는 조금 벗겨졌지만, 키가 크고 날씬하며 상당히 잘생긴 편이다. 경계심이 많은 건지 약간은 예민하고 사무적인 사람이었고, 언제나 냉철해서 감정에 흔들리는 법이 없어 보였다. 언제나 무심한 얼굴은 마치 지성 그 자체가 차갑게 얼어붙어서 반짝반짝 빛을 내는 것처럼 느껴지기도 했다.

그레이씨는 유명한 과학자라고 한다. 그 의미를 나는 잘 모

word means, but my mother would know how to use it and get effects. She would know how to depress a rat-terrier with it and make a lap-dog look sorry he came.

But that is not the best one; the best one was Laboratory. My mother could organize a Trust on that one that would skin the tax-collars off the whole herd.

The laboratory was not a book, or a picture, or a place to wash your hands in, as the college president's dog said—no, that is the lavatory; the laboratory is quite different, and is filled with jars, and bottles, and electrics, and wires, and strange machines; and every week other scientists came there and sat in the place, and used the machines, and discussed, and made what they called experiments and discoveries; and often I came, too, and stood around and listened, and tried to learn, for the sake

르지만, 우리 엄마가 있었다면 어떻게 사용해야 할지 알았을 것이다. 쥐사냥꾼 테리어를 울적하게 만들거나 작은 무릎 강아지가 모임에 나온 것을 후회하도록 만들 수 있었을 텐데.

그게 다가 아니다. 이 집에는 실험실이라는 것도 있다. 만일 엄마가 함께 있었다면, 실험실을 이용해서 모두를 골탕 먹이려고 했을지도 모른다.

실험실은 책도 아니고 그림도 아니고 세면실도 아니다. 언젠가 한 대학교수의 강아지가 실험실은 손을 씻는 곳이라고 했었지만, 그는 실험실이 아니라 세면실을 말하려고 했을 것이다. 실험실에는 항아리, 병, 전선, 그리고 이상한 기계가 가득하다. 매주 다른 과학자들이 찾아오는데, 각자 정해진 자리에 앉아 서로 다른 기계를 사용하며 토론한다. 그리고는 실험과 발견이라는 것을 거듭 반복한다. 나도 종종 실험실에 들어가서 주변을 서성거리는데, 그들의 말을 엿듣고 배우려고 노력하고 있다. 엄마를 떠올리는 것만으로도 가슴이 아려오지만, 사랑하는 엄마

of my mother, and in loving memory of her, although it was a pain to me, as realizing what she was losing out of her life and I gaining nothing at all; for try as I might, I was never able to make anything out of it at all.

Other times I lay on the floor in the mistress's work-room and slept, she gently using me for a foot-stool, knowing it pleased me, for it was a caress; other times I spent an hour in the nursery, and got well tousled and made happy; other times I watched by the crib there, when the baby was asleep and the nurse out for a few minutes on the baby's affairs; other times I romped and raced through the grounds and the garden with Sadie till we were tired out, then slumbered on the grass in the shade of a tree while she read her book; other times I went visiting among the neighbor dogs-for there were

라면 분명히 이렇게 행동했을 것 같으니까. 엄마는 이곳에 올수조차 없으니 나라도 이렇게 하는 것이다. 그러나 아무리 최선을 다하여 엄마를 모방해 보아도, 나는 그곳에서 아무것도 익힐 수가 없었다.

실험실을 어슬렁거리지 않을 때면 부인의 작업실에서 낮잠을 잔다. 부인은 종종 내 등에 발을 살포시 올려놓는데, 나는 그런 부인의 애정 표현이 참 좋다. 화이트 부인은 내가 좋아하는 행동을 정확히 알고 있는 것 같다. 방에서 곤히 잠든 아기를 바라볼 때도 있다. 유모는 아기를 유아용 침대에 눕혀 재우고 나면, 다른 것들을 준비하기 위해서 방을 비운다. 그러니 아무도 없는 동안 아기를 지키는 것은 나의 몫이다. 새디와 시간을 보낼 때도 있는데, 우리는 둘 다 지쳐 쓰러질 때까지 수풀을 헤치며 정원을 뛰어다닌다. 새디가 커다란 나무 그늘에 앉아서 책을 읽을 때면 나는 그 옆에 누워서 낮잠을 즐긴다. 아주 가끔은 이웃집에 사는 개를 찾아가기도 한다. 우아한 자태를 뽐내는

some most pleasant ones not far away, and one very handsome and courteous and graceful one, a curly-haired Irish setter by the name of Robin Adair, who was a Presbyterian like me, and belonged to the Scotch minister.

The servants in our house were all kind to me and were fond of me, and so, as you see, mine was a pleasant life.

There could not be a happier dog that I was, nor a gratefuller one. I will say this for myself, for it is only the truth: I tried in all ways to do well and right, and honor my mother's memory and her teachings, and earn the happiness that had come to me, as best I could.

By and by came my little puppy, and then my cup was full, my happiness was perfect. It was the dearest

잘생기고 예의 바른 개가 우리 집에서 멀지 않은 곳에 살고 있기 때문이다. 굽슬굽슬한 적갈색 털을 가진 아일랜드계 새터인데, 아주 마음에 든다. 그의 이름은 로빈 아데어. 나와 같은 프레스비테리언으로, 스코트랜드에서 온 목사님 집에서 함께 살고 있다.

하인들 역시 무척 친절하다. 다들 나를 좋아한다. 그러니까, 나는 이 곳에서 누가 봐도 아주 만족스러운 삶을 살고 있다고 말할 수 있다.

세상에 나만큼 행복한 개는 없을 것이다. 주어진 삶에 감사하려는 개도 없을 것이 분명하다. 한 치의 거짓도 없이 말하건대, 내게 주어진 것들에 진심으로 감사하고 있다. 그렇게 엄마를 추억하며, 엄마의 가르침을 따라 올바른 길을 걷기 위해, 그리고 행복을 거머쥐기 위해 최선을 다하고 있다.

시간이 흘러 나도 작은 강아지의 엄마가 되었다. 강아지가 태어나자 삶이 충만해졌고, 행복이 완전해졌다. 사랑스러운 나

little waddling thing, and so smooth and soft and velvety, and had such cunning little awkward paws, and such affectionate eyes, and such a sweet and innocent face; and it made me so proud to see how the children and their mother adored it, and fondled it, and exclaimed over every little wonderful thing it did.

It did seem to me that life was just too lovely to–

의 강아지는 너무나도 작고 부드럽고 아름다웠다. 깜찍한 작은 발바닥과 무한한 애정을 담은 두 눈, 그리고 달콤하며 순수한 얼굴까지도 모든 것이 완벽했다. 그레이 부인과 아이들도 내 강아지를 정말 좋아했고, 강아지가 해낸 아주 사소한 일에도 감탄해주었다. 그럴 때마다 나는 내 가장이자 무척이나 자랑스러웠다.

사랑이 매우 충만한 나날이었다.

제 4 장

불이야!

Then came the winter.

One day I was standing a watch in the nursery. That is to say, I was asleep on the bed.

The baby was asleep in the crib, which was alongside the bed, on the side next the fireplace. It was the kind of crib that has a lofty tent over it made of gauzy stuff that you can see through.

The nurse was out, and we two sleepers were alone.

A spark from the wood-fire was shot out, and it lit on the slope of the tent.

I suppose a quiet interval followed, then a scream

그리고 겨울이 찾아왔다.

유아실에서 보초를 서고 있을 때의 일이다. 그래, 솔직히 말하면 언제나처럼 침대에서 잠깐 졸고 있었다.

아기는 유아용 침대에 곤히 잠들어 있었다. 유아용 침대는 성인용 침대와 나란히 붙어 있었고, 침대 반대편에는 벽난로가 있었다. 그리고 천장 아래로는 얇게 비치는 모기장이 커튼처럼 늘어져 유아용 침대와 그 안의 아이를 보호하고 있었다.

유모는 자리를 비운 상황이었고, 방 안에는 아기와 나, 두 잠꾸러기뿐이었다.

벽난로에서 불꽃이 튀어 모기장에 옮겨 붙은 모양이었다.

아기의 울음소리에 눈을 떴을 때는 이미 시간이 조금 흐른

from the baby awoke me, and there was that tent flaming up toward the ceiling!

Before I could think, I sprang to the floor in my fright, and in a second was half-way to the door; but in the next half-second my mother's farewell was sounding in my ears, and I was back on the bed again.

I reached my head through the flames and dragged the baby out by the waist-band, and tugged it along, and we fell to the floor together in a cloud of smoke; I snatched a new hold, and dragged the screaming little creature along and out at the door and around the bend of the hall, and was still tugging away, all excited and happy and proud, when the master's voice shouted:

"Begone you cursed beast!" and I jumped to save myself; but he was furiously quick, and chased me up,

뒤였고, 이미 번져나간 불길은 천장을 향해 빠르게 기어오르고 있었다.

무서웠다. 아무 생각도 들지 않았다. 다른 생각을 할 겨를도 없이 겁에 질려 바닥으로 뛰어내렸고 문을 향해 달렸다. 하지만 1초도 지나지 않아 엄마가 마지막으로 해준 말이 귓가에 맴돌아 침대로 돌아갈 수밖에 없었다. 사명을 다하기 위해서.

타오르는 불꽃 사이로 머리를 집어넣어 아기의 허리띠를 물었고 잡아당기는 데에 성공했다. 연기가 자욱한 바닥으로 나는 아기와 함께 떨어졌고, 마구 소리를 지르는 작은 생명체를 질질 끌고 문밖으로 나가 복도 반대편을 향해 달렸다. 아기는 끊임없이 소리를 질러댔다. 나는 아기를 불길에서 구해냈다는 기쁨과 자부심으로 약간은 흥분한 상태였다. 그때, 주인의 호통 소리가 들려왔다.

"이 저주받은 짐승 새끼가!"

겁이 났다. 그래서 도망쳤다. 하지만 주인은 맹렬하게 지팡

striking furiously at me with his cane, I dodging this way and that, in terror, and at last a strong blow fell upon my left foreleg, which made me shriek and fall, for the moment, helpless; the cane went up for another blow, but never descended, for the nurse's voice rang wildly out, "The nursery's on fire!" and the master rushed away in that direction, and my other bones were saved.

The pain was cruel, but, no matter, I must not lose any time; he might come back at any moment; so I limped on three legs to the other end of the hall, where there was a dark little stairway leading up into a garret where old boxes and such things were kept, as I had heard say, and where people seldom went.

I managed to climb up there, then I searched my way through the dark among the piles of things, and hid in

이를 휘두르며 내 뒤를 쫓았다. 두려움에 휩싸여 이리저리 날뛰면서 피하려 했지만, 소용이 없었다. 결국, 그의 지팡이에 왼쪽 앞다리를 맞고 하릴없이 쓰러졌다.

그 순간, 보모가 소리쳤다.

"불이에요! 아기방에, 불이 났어요!!"

주인은 서둘러 아기방으로 향했고, 덕분에 내 남은 다리는 무사할 수 있었다.

끔찍한 고통이 전신으로 퍼졌지만, 아픈 것을 생각할 때가 아니었다. 주인이 언제 돌아올지 몰랐기에 정신을 똑바로 차려야 했다. 멀쩡한 세 다리로 절뚝거리며 복도 끝으로 향했다. 좁고 어두운 계단 위에는 사람들이 잘 오지 않는 다락방이 있다는 말을 들었기 때문이었다. 사실이었다. 다락방은 아주 컴컴했고, 오랫동안 쓰지 않은 물건과 상자가 방치되어 있었다.

나는 상자를 타고 올라가 어지러이 쌓인 물건들 사이에 자리를 잡았다. 아주 어두운 것이 지금 내가 찾을 수 있는 공간

the secretest place I could find.

It was foolish to be afraid there, yet still I was; so afraid that I held in and hardly even whimpered, though it would have been such a comfort to whimper, because that eases the pain, you know.

But I could lick my leg, and that did some good.

For half an hour there was a commotion downstairs, and shoutings, and rushing footsteps, and then there was quiet again.

Quiet for some minutes, and that was grateful to my spirit, for then my fears began to go down; and fears are worse than pains—oh, much worse.

Then came a sound that froze me.

They were calling me—calling me by name—hunting for me!

중에서는 가장 비밀스러운 곳임이 분명했다.

이런 곳에서 숨어서까지 두려움을 느끼는 것은 바보 같은 짓이겠지만 어쩔 수가 없었다. 나는 너무 두려워서 소리조차 내지 못했다. 소리를 낼 수 있었다면 조금은 더 편안했을 것이다. 알다시피, 낑낑거리는 신음은 고통을 조금이나마 줄여주니까.

하지만 다리를 핥을 수 있어서 그나마 위안이 되었다.

거의 삼십여 분 동안 아래층에서는 고함소리가 들려왔다. 서두르는 발걸음 소리도 한동안 들리는 듯하더니 이내 잦아들었다.

소리가 줄어드는 만큼 두려움도 어느 정도 잦아들었다. 참 다행이었다. 두려움은 고통보다 훨씬, 아주 훨씬 더 끔찍하기 때문이다.

곧이어 들려온 소리에 나는 얼어붙고 말았다.

그들은 나를 부르고 있었다. 내 이름을 부르고 있었다. 나를 사냥하려고!

It was muffled by distance, but that could not take the terror out of it, and it was the most dreadful sound to me that I had ever heard. It went all about, everywhere, down there: along the halls, through all the rooms, in both stories, and in the basement and the cellar; then outside, and farther and farther away–then back, and all about the house again, and I thought it would never, never stop.

But at last it did, hours and hours after the vague twilight of the garret had long ago been blotted out by black darkness.

Then in that blessed stillness my terrors fell little by little away, and I was at peace and slept.

It was a good rest I had, but I woke before the twilight had come again. I was feeling fairly comfortable, and I could think out a plan now.

그들이 있는 곳은 내가 숨은 곳에서는 조금 떨어져 있었지만 그래도 공포는 쉽게 가시지 않았다. 지금까지 들어본 소리 중 가장 끔찍하고 소름 끼치는 목소리가 아래층 구석구석을 휘젓고 다녔다. 복도에서도, 모든 방에서도, 지하와 창고에서까지, 그들의 부름 소리가 들려왔다. 부름 소리는 어느새 밖으로 나가 점점 더 멀어지는 듯싶더니 다시 집으로 돌아와 구석구석을 헤집고 다녔다. 소리는 절대 멈추지 않을 것 같았다.

하지만 절대 멈추지 않을 것 같던 소리도 시간이 지나자 결국 멈췄고, 다락방을 희미하게 비추던 황혼도 서서히 새카만 어둠 속으로 흩어졌다.

축복처럼 내려진 고요함 속에서 나를 괴롭히던 공포가 조금씩 잦아들었다. 나는 평안함을 느끼고 이내 잠들고 말았다.

평안한 휴식이었다. 그러나 다시 여명이 드리우기 전에 정신을 차려야만 했다. 마음이 조금은 편안하게 느껴질 때 서둘러 앞으로의 계획을 세워야했기 때문이다.

I made a very good one; which was, to creep down, all the way down the back stairs, and hide behind the cellar door, and slip out and escape when the iceman came at dawn, while he was inside filling the refrigerator; then I would hide all day, and start on my journey when night came; my journey to–well, anywhere where they would not know me and betray me to the master.

I was feeling almost cheerful now; then suddenly I thought: Why, what would life be without my puppy!

That was despair.

There was no plan for me; I saw that; I must stay where I was; stay, and wait, and take what might come– it was not my affair; that was what life is–my mother had said it.

Then–well, then the calling began again! All my

좋은 계획이 떠올랐다. 뒤쪽 계단으로 기어 내려가서 지하실 문 뒤에 숨어있다가, 얼음배달원이 냉장고를 채우기 위해 문을 열고 있는 동안 빠져나가야겠다. 낮 동안에는 아무도 찾을 수 없는 곳에 숨어 있다가, 밤이 되면 탈출할 수 있을 것이다. 어디를 가도 좋겠지. 저들이 나를 찾을 수 없고, 나를 발견한 사람들이 나를 내 주인에게 다시 데려가지 않을 곳이라면. 그렇다면, 어디든 좋을 것이다.

기분이 조금 나아질 것 같았지만, 깨달음이 머리를 쳤다. 내 작고 소중한 강아지가 없는 삶이라니, 무슨 의미가 있겠는가!

절망감이 밀려왔다.

애초에 니에게는 선택지가 없었다. 나는 이곳에 머무를 수밖에 없다. 그저 기다리면서 내려지는 처벌을 달게 받아야 한다. 그것이 내게 주어진 숙명이자 삶이다. 엄마가 말했던 것처럼 말이다.

곧이어 나를 부르는 소리가 다시 들려왔다. 공포감도 다시

sorrows came back. I said to myself, the master will never forgive.

I did not know what I had done to make him so bitter and so unforgiving, yet I judged it was something a dog could not understand, but which was clear to a man and dreadful.

They called and called–days and nights, it seemed to me. So long that the hunger and thirst near drove me mad, and I recognized that I was getting very weak.

When you are this way you sleep a great deal, and I did. Once I woke in an awful fright–it seemed to me that the calling was right there in the garret!

And so it was: it was Sadie's voice, and she was crying; my name was falling from her lips all broken, poor thing, and I could not believe my ears for the joy of

차오르기 시작했다. 나는 혼잣말로 되뇌었다. 주인은 나를 용서하지 않을 것이라고.

내가 무엇을 잘못했기에 주인이 그토록 분노한 것인지, 무엇 때문에 절대로 용서할 수 없게 된 것인지, 나는 알 수가 없었다. 분명, 개는 이해할 수 없지만, 인간에게는 무척이나 끔찍한 일을 저질렀을 것이다.

그들은 나를 부르고 또 불렀다. 낮이고 밤이고 멈추지 않고 내 이름을 불러댔다. 오랜 굶주림과 갈등에 나는 정신이 혼미해졌다. 몸이 약해지고 있는 것이 느껴졌다.

이런 상태가 되면 잠이 는다고 했던가. 내 상태가 딱 그랬다. 한참을 헤매고 있는데, 다락방 바로 앞에서 나를 부르는 소리가 들렸다. 나는 온몸을 바들바들 떨며 눈을 떴다.

새디였다. 새디가 엉엉 울며 나를 부르고 있었다. 까슬까슬 갈라진 목소리로 나를 애타게 찾고 있었다. 불쌍한 아가. 선명하게 들리는 새디의 말소리에 나는 귀를 의심할 수밖에 없었다.

it when I heard her say:

"Come back to us—oh, come back to us, and forgive—it is all so sad without our—"

I broke in with SUCH a grateful little yelp, and the next moment Sadie was plunging and stumbling through the darkness and the lumber and shouting for the family to hear, "She's found, she's found!"

너무 큰 기쁨이 밀려들었기 때문이다.

"미안해. 제발 돌아와 줘. 정말 미안해. 네가 없으니까 너무 슬퍼. 정말 많이 보고 싶어..."

벅차오르는 기쁨에 나는 작은 소리를 냈고, 그 소리를 감지한 새디가 어두운 목재 사이로 몸을 밀어 넣었다. 우리는 눈이 마주쳤다.

"여기야! 찾았어! 여기에 있어!!"

제 5 장
행복한 나날

The days that followed-well, they were wonderful. The mother and Sadie and the servants-why, they just seemed to worship me.

They couldn't seem to make me a bed that was fine enough; and as for food, they couldn't be satisfied with anything but game and delicacies that were out of season; and every day the friends and neighbors flocked in to hear about my heroism-that was the name they called it by, and it means agriculture.

I remember my mother pulling it on a kennel once, and explaining it in that way, but didn't say what

가족들 품으로 돌아온 후에 이어진 날들은 완벽한 기쁨 그 자체였다. 그레이 부인과 새디, 그리고 이 집의 하인들 모두 나를 숭배하다시피 했다.

내 잠자리를 더 푹신하게 만들어주려고 경쟁이라도 하는 것 같았고, 계절에 맞는 진미를 바치지 못해서 안달이었다. 친구들과 이웃도 매일같이 몰려들었는데, 그들의 말에 의하면 나의 영웅담을 듣기 위해서 온 것이라 했다. 그들은 계속해서 반복하는 그 이야기를 그런 단어로 설명했다. 영웅담. 내 기억에 그 단어는 농업이라는 뜻이다.

오래전 엄마도 영웅담이라는 단어를 사용한 적이 있다. 의미를 알고는 있냐며 누군가가 어김없이 엄마에게 도전을 걸어

agriculture was, except that it was synonymous with intramural incandescence; and a dozen times a day Mrs. Gray and Sadie would tell the tale to new-comers, and say I risked my life to save the baby's, and both of us had burns to prove it, and then the company would pass me around and pet me and exclaim about me, and you could see the pride in the eyes of Sadie and her mother; and when the people wanted to know what made me limp, they looked ashamed and changed the subject, and sometimes when people hunted them this way and that way with questions about it, it looked to me as if they were going to cry.

And this was not all the glory; no, the master's friends came, a whole twenty of the most distinguished people, and had me in the laboratory, and discussed me

왔고, 엄마는 영웅담이란 농업과 같은 의미라고 설명했었다. 농업은 또 무슨 뜻이냐는 질문에, 교내 백열등과 동의어라고 말했다. 그레이 부인과 새디는 내가 아기를 구하기 위해 목숨을 걸었으며, 우리가 공유하는 화상이 그 증거라고 말했다. 둘은 새로운 사람들에게 하루에 열 번도 넘게 자랑했다. 이야기를 들은 사람들은 다들 감탄하며 나를 쓰다듬어 주었고, 그럴 때면 새디와 부인의 얼굴에는 나를 향한 뿌듯함이 가득 차올랐다. 간혹 사람들은 내가 절름발이가 된 이유를 물었는데, 그 질문에 새디와 부인은 얼굴을 벌겋게 물들이고는 말을 돌렸다. 그럼에도 불구하고 아주 가끔은 집요하게 이유를 추궁하는 사람이 나타났는데, 둘은 아무 말도 하지 않은 채로 울상을 지으며 나를 바라보곤 했다.

　영광스러운 순간은 이뿐만이 아니었다. 주인의 친구들도 찾아왔다. 스무 명도 넘는 사람들은 모두 저명한 과학자들이었는데, 나를 실험실로 데려가 마치 엄청난 발견을 한 것처럼 토론

as if I was a kind of discovery; and some of them said it was wonderful in a dumb beast, the finest exhibition of instinct they could call to mind; but the master said, with vehemence, "It's far above instinct; it's REASON, and many a man, privileged to be saved and go with you and me to a better world by right of its possession, has less of it that this poor silly quadruped that's foreordained to perish;" and then he laughed, and said: "Why, look at me-I'm a sarcasm! bless you, with all my grand intelligence, the only thing I inferred was that the dog had gone mad and was destroying the child, whereas but for the beast's intelligence-it's REASON, I tell you!-the child would have perished!"

They disputed and disputed, and I was the very center of subject of it all, and I wished my mother could know

을 시작했다. 그들 중 일부는 지능이 없는 짐승치고는 제법이라며, 본능이 가장 훌륭한 방식으로 발현된 것이리라 추측했지만, 주인은 강력히 반발했다.

"단순한 본능이 아니었네. 이 동물은 이성적 판단을 내린 거야! 죽으면 썩어버리는 것이 전부인 이 네 발 달린 어리석은 짐승이 말일세. 그 순간은 사람조차도 이성적인 판단을 내릴 수가 없었네. 더 나은 세상으로 나아갈 권리를 타고난, 자네들과 나 같은 사람들조차도 말일세!"

주인은 크게 웃으며 덧붙였다.

"이 얼마나 역설적인가! 아, 네발 달린 짐승이여. 내 온 지성 다하여 그대를 축복할지어다! 나는 이 개가 미쳐서 내 아이를 죽이려 하는 줄 알았네. 그 상황에서 본능적으로 그렇게 생각한 거지. 그런데 이 짐승은 그 급박한 순간에 지성을 사용하여 이성적 사고를 한 거야! 아기는 정말 죽을 뻔했어!"

논쟁은 꼬리에 꼬리를 물고 이어졌다. 영광스러운 순간에 엄

that this grand honor had come to me; it would have made her proud.

Then they discussed optics, as they called it, and whether a certain injury to the brain would produce blindness or not, but they could not agree about it, and said they must test it by experiment by and by; and next they discussed plants, and that interested me, because in the summer Sadie and I had planted seeds-I helped her dig the holes, you know-and after days and days a little shrub or a flower came up there, and it was a wonder how that could happen; but it did, and I wished I could talk-I would have told those people about it and shown then how much I knew, and been all alive with the subject; but I didn't care for the optics; it was dull, and when they came back to it again it bored me, and I went

마와 함께였다면 좋았을 텐데. 엄마에게 알릴 수 있다면 좋을 텐데. 분명히 나를 무척이나 자랑스러워했을 것이다.

곧이어 그들은 안구라고 부르는 것에 관하여 논의를 시작했다. 뇌의 어떤 부위에 특정한 부상이 생기면 과연 실명할지를 놓고 다투었는데, 도저히 본인들끼리 합의를 이룰 수 없는지 실험해봐야 겠다는 결론에 이르렀다. 잠시 후 그들의 대화의 주제는 식물로 이어졌는데, 나는 그제야 조금 흥미를 느꼈다. 지난여름 새디와 함께 땅을 파고 씨앗을 심은 것이 기억났기 때문이다. 씨앗을 심고 며칠이 지나자 작은 싹이 돋아났고, 시간이 더 흐르자 싹이 자라 꽃이 피었다. 놀라운 일이었다. 지금 생각해도 그런 일이 어떻게 가능했는지는 모르겠다. 하지만 나는 그 신비로운 광경을 직접 목격했다. 사람의 말을 할 수 있었다면 이 놀라운 경험을 그들에게 생생하게 전달할 수 있었을 텐데. 아쉬움이 밀려들었다. 하지만 그들의 토론은 곧 안구라는 재미없는 주제로 돌아갔고, 지루해진 나는 그만 잠이 들고

to sleep.

Pretty soon it was spring, and sunny and pleasant and lovely, and the sweet mother and the children patted me and the puppy good-by, and went away on a journey and a visit to their kin, and the master wasn't any company for us, but we played together and had good times, and the servants were kind and friendly, so we got along quite happily and counted the days and waited for the family.

말았다.

곧 봄이 찾아왔다. 화창하고 쾌적한 나날이었다. 상냥한 부인과 귀여운 아이들은 나와 내 강아지를 무척이나 예뻐해 주었다. 그러던 어느 날, 부인과 아이들은 근처에 사는 친척을 만나기 위해 여행을 떠났다. 주인은 우리와 함께 시간을 보내지 않았지만, 우리는 괜찮았다. 둘이서도 충분히 즐거웠기 때문이다. 게다가 하인들도 우리에게 매우 친절했다. 나와 내 강아지는 행복한 시간을 보내며 부인과 아이들이 집으로 돌아올 날만을 기다리고 또 기다렸다.

제 6 장

진실

And one day those men came again, and said, now for the test, and they took the puppy to the laboratory, and I limped three-leggedly along, too, feeling proud, for any attention shown to the puppy was a pleasure to me, of course.

They discussed and experimented, and then suddenly the puppy shrieked, and they set him on the floor, and he went staggering around, with his head all bloody, and the master clapped his hands and shouted:

"There, I've won-confess it! He's as blind as a bat!"

And they all said:

주인의 친구들이 다시 찾아온 날이었다. 이번에는 실험을 위해서 온 것이라고 했다. 그들은 내 강아지를 데리고 실험실로 들어갔다. 사람들이 내 강아지에게 관심을 가질 때면 나는 자부심에 들뜨곤 했기에, 나 역시 세 발로 절뚝거리며 그들의 뒤를 따랐다.

그들은 토론과 실험을 거듭했고, 내 강아지는 갑자기 비명을 질렀다. 그들이 강아지를 바닥에 내려놓았을 때, 내 강아지는 방향을 잃은 것처럼 이리저리 방황했는데, 머리에는 피가 흥건했다. 주인은 손뼉을 치며 소리쳤다.

"보게나! 내가 맞았지! 이 개는 이제 눈뜬장님이 되었어!"

다른 이들은 고개를 끄덕였다.

"It's so—you've proved your theory, and suffering humanity owes you a great debt from henceforth," and they crowded around him, and wrung his hand cordially and thankfully, and praised him.

But I hardly saw or heard these things, for I ran at once to my little darling, and snuggled close to it where it lay, and licked the blood, and it put its head against mine, whimpering softly, and I knew in my heart it was a comfort to it in its pain and trouble to feel its mother's touch, though it could not see me.

Then it dropped down, presently, and its little velvet nose rested upon the floor, and it was still, and did not move any more.

Soon the master stopped discussing a moment, and rang in the footman, and said, "Bury it in the far corner

"그렇군. 자네의 이론이 이로써 증명되었네. 고통받는 인류가 자네에게 큰 빚을 지게 된 거야."

그들은 주인의 곁으로 몰려갔고, 손을 잡으며 진심 어린 감사와 찬양을 보내는 듯했다.

그들이 정확히 무엇을 했는지 나는 보지도 듣지도 못했다. 단숨에 내 강아지에게 달려갔기 때문에. 나는 쓰러진 강아지에게 달려가 작은 머리를 내게 기대게 했고, 머리에서 흐르는 피를 핥아주며 아주 작은 소리로 부드럽게 낑낑거려 주었다. 비록 볼 수는 없겠지만, 제 어미의 온기를 느끼는 것만으로 고통과 괴로움이 조금은 옅어질 것을 마음으로 느꼈기 때문이다.

잠시 후, 강아지의 몸이 축 늘어졌다. 작고 사랑스러운 코가 차가운 바닥으로 떨어졌다. 끔찍하리만큼 고요한 순간이었다. 아무런 움직임이 없었다.

주인은 토론을 멈추고 종을 울려 하인을 불렀다.

"가지고 가서 정원에 묻게."

of the garden," and then went on with the discussion, and I trotted after the footman, very happy and grateful, for I knew the puppy was out of its pain now, because it was asleep.

We went far down the garden to the farthest end, where the children and the nurse and the puppy and I used to play in the summer in the shade of a great elm, and there the footman dug a hole, and I saw he was going to plant the puppy, and I was glad, because it would grow and come up a fine handsome dog, like Robin Adair, and be a beautiful surprise for the family when they came home; so I tried to help him dig, but my lame leg was no good, being stiff, you know, and you have to have two, or it is no use.

When the footman had finished and covered little

그 말을 마지막으로 주인은 다시 토론에 열중했다. 나는 감사한 마음으로 기쁘게 하인을 따랐다. 곤히 잠든 강아지도 이제는 아프지 않을 것 같았다. 그저 조용히 잠들어 있을 뿐이었다.

　　우리는 정원의 가장 먼 구석으로 향했다. 지난여름 우리가 함께 뛰놀던 커다란 느릅나무가 있는 곳이었다. 하인들은 땅을 파기 시작했다. 내 강아지를 심을 모양이었다. 나는 진심으로 기뻤다. 강아지를 심으면 분명 로빈 아데어처럼 잘생긴 개로 다시 피어날 테지. 그러면 휴가를 마치고 돌아올 가족들에게도 아주 아름다운 깜짝 선물이 될 것이 분명했다. 나도 하인을 도와 구덩이를 파고 싶었지만, 하나뿐인 앞다리로는 아무런 도움이 될 수 없었다. 다들 알겠지만, 무슨 일이든 잘 해내기 위해서는 두 개의 앞다리가 모두 필요하다. 하나뿐인 절름발이는 아무런 쓸모가 없었다.

　　내 강아지를 땅에 심은 하인은 눈물을 잔뜩 머금고는 내 머

Robin up, he patted my head, and there were tears in his eyes, and he said: "Poor little doggie, you saved HIS child!"

I have watched two whole weeks, and he doesn't come up!

This last week a fright has been stealing upon me. I think there is something terrible about this.

I do not know what it is, but the fear makes me sick, and I cannot eat, though the servants bring me the best of food; and they pet me so, and even come in the night, and cry, and say, "Poor doggie-do give it up and come home; don't break our hearts!" and all this terrifies me the more, and makes me sure something has happened.

And I am so weak; since yesterday I cannot stand on my feet anymore. And within this hour the servants,

리를 쓰다듬으며 말했다.

"불쌍한 것⋯⋯. 너는 그의 아이를 살렸는데⋯⋯."

나는 꼬박 2주 동안 그 자리를 지켰다. 하지만 아무리 기다려도 싹이 나지 않았다.

그런 날들이 계속되니 지난 한 주 동안은 두려움이 슬금슬금 몰려왔다. 그리고 나는 시름시름 앓기 시작했다. 무언가 끔찍한 일이 벌어진 것 같다.

정체를 알 수 없는 두려움이 나를 좀먹는다. 하인은 날마다 최고의 음식을 내게 가져다주지만, 도저히 먹을 수가 없다. 그들은 낮이고 밤이고 나를 찾아와 쓰다듬으며 눈물을 흘린다.

"불쌍한 것아⋯ 제발 포기하고 집으로 돌아오면 안 되겠니. 우리 마음이 아파서 죽을 것 같다."

두려움이 더욱 커진다. 끔찍한 일이 분명히 일어났다는 확신이 마음속에서 계속해서 자란다.

너무나 허약해진 나는 이제 일어설 수조차 없다. 햇볕이 사

looking toward the sun where it was sinking out of sight and the night chill coming on, said things I could not understand, but they carried something cold to my heart.

"Those poor creatures! They do not suspect. They will come home in the morning, and eagerly ask for the little doggie that did the brave deed, and who of us will be strong enough to say the truth to them: 'The humble little friend is gone where go the beasts that perish.'"

라지고 한기가 내려앉을 즈음, 하인들은 나를 바라보며 이야기했다. 무슨 말인지 이해할 수는 없었지만, 가슴 한편에 알 수 없는 차가움이 밀려왔다.

"아무것도 모르는 불쌍한 것들. 아침이면 가족들이 집으로 돌아올 텐데, 오자마자 자신을 지켜준 용맹한 개를 찾아 나설 텐데, 그 누가 나서서 진실을 말할 수 있을까! 죽은 짐승들만 갈 수 있는 그곳으로, 우리의 작은 친구들이 떠나고 말았다고 말이야."

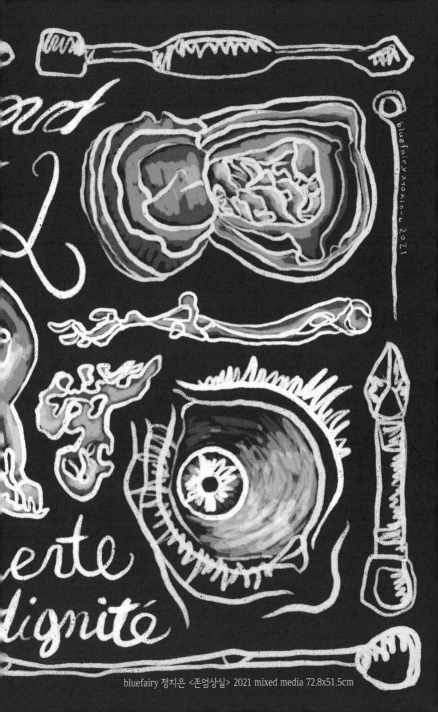

bluefairy 정지은 <존엄상실> 2021 mixed media 72.8x51.5cm

「월간 내로라」 시리즈는

작품 이해와 개인적 감상을 위한

덧붙임의 글을 함께 담고 있습니다.

깊이를
더하는 글

- 나에게 '윤리'란 무엇인가요?

- 거창한 단어를 수집하고 오남용하는 엄마의 모습을 그린

  저자의 의도는 무엇일까요?

- 가장 사랑하는 사람의 삶에 꼭 심어주고 싶은 문장 하나를

  꼽는다면, 뭐가 있을까요?

펴낸이의
연결

방심하면 세상을 조각조각 바라보는 사람이 됩니다. 단면을 보고 누군가를 평가하거나, 장면을 보고 입장을 단정 짓게 되기도 합니다. 그래서 때때로 우리는 자신의 시선을 제한하기로 결정합니다. 어떠한 결론도 내리지 못한 채, 치우치게 될까봐 우려하며 눈을 감아버립니다. 마음에서 공감과 연민의 감정이 분명히 샘솟을 것이고, 감당할 수 없을 만큼 커다랗게 밀려올까 봐 두렵기 때문입니다. 그렇게 우리는 외면을 선택하고 맙니다. 보고 싶은 것들만을 조각조각 바라보게 됩니다.

마크 트웨인은 고된 삶 속에서도 세상을 온전히 바라보려고 노력했습니다. 아버지를 여의고 직업전선에 뛰어들어야 했던 어린아이는 세상 구석구석을 모두 눈에 담았고, 필력 하나로 미국 문학의 아버지가 되었습니다. 그러나 그는 자신의 성취와 성공 신화를 내세우며 모두에겐 스스로 일어날 힘이 있다고 외치지 않았습니다. 오히려 세상을 더 면밀히 살피며 용기있게 연민하고 공감했습니다. 자신과 같은 부당함을 겪는 이들이 줄어들도록, 자신이 목격한 부조리가 세상에서 사라지도록, 마크 트웨인은 뜬눈으로 세상을 살피고 목소리를 높였습니다. 마땅히 누려야 할 권리가 무엇인지 고심하고, 회복을 위해 힘썼습니다.

윤리는 시대에 따라 보호하는 대상을 달리 해왔습니다. 동시대라 할지라도 각 사람의 마음속에서 제각각의 울타리를 만들고 있습니다. 그 때문에 효용성과의 논리적 싸움에서 승리하기가 쉽지 않습니다.

이에 마크 트웨인은 문학이라는 무기를 꺼내 들었습니다. 독자가 주인공과 함께 세상의 비윤리적인 비극에 서서히 젖어 들게 하는 방법으로 공감의 지평을 넓혀 마음을 움직였습니다. 트웨인은 동물실험에 반대하는 입장이었지만, 논리적으로 반박할 수만은 없었습니다. 런던의 동물시험 반대협회에 보낸 편지에서 말하는 것처럼, 각자가 가지고 있는 윤리는 가슴 깊이 뿌리내린 본능적 감정과도 같으니까요.

이 작품을 흑인 노예제도에 대한 풍자로 해석하기도 합니다. 흑인 노예해방은 트웨인을 작품을 관통하는 커다란 주제 중 하나이고, 실제로 1900년대 미국의 흑인 노예는 오늘날의 애완동물이 누리는 권리만큼도 가지지 못했기 때문입니다. 자산으로 여겨지며 가족관계를 무시당한 채 팔려 가거나, 생체실험의 대상이 되기도 했습니다. 미 정부가 앨라배마의 흑인 농부를 대상으로 '터스키기 매독 생체실험'을 진행한바가 있고, 실험에 가담했던 의사들은 비윤리적인 실험내용이 공개되어 세상의 손가락질을 받을 때도 "이미 가난해서 치료도 못 받고 죽을 사람들인데, 그냥 죽을 바에는 의학 발전에 이바지하는 게 낫지 않은가?"라는 말을 했다고 합니다.

대의를 생각한다면 소수를 희생하는 것이 마땅하다고 여기는 사람들이 있었습니다. 지식인으로서 작은 것을 희생시키는 악역을 맡아야 한다는 사명 의식을 가지기도 했습니다. 실제로

19세기 동물실험이 활발해지면서 의학은 큰 발전을 거듭했기 때문입니다. 프랑스의 위대한 과학자 중 한 명인 클로드 베르나르는 과학자의 의무에 관하여 이렇게 말하기도 했습니다.

"과학자는 일반인이 아니다. 과학자는 지식인이자 사상을 흡수하는 능력을 타고난 사람이다. 그러므로 과학자는 고통에 신음하는 동물의 울음소리를 듣지 않고 분수처럼 솟구치는 피를 보지 않는다. 과학자의 눈에는 비밀을 감추고 있는 유기체와 밝혀내야 하는 가설만이 보일 뿐이다."

『어느 개 이야기』를 집필한 것은 마크 트웨인의 의견을 피력하는 장치가 아니었을까 생각합니다. 실제 사건에 기반을 둔 것인지 확인된 바는 없지만, 이야기는 클로드 베르나르와 아내인 마리 프랑세즈 마틴의 일화와 상당 부분 겹칩니다. 베르나르는 아내와 아이들이 집을 비운 사이 그들이 사랑하는 반려견을 해부해버렸습니다. 마리 프랑세즈 마틴은 이를 계기로 베르나르와 이혼하여 프랑스에도 동물실험 반대협회를 설립하게 됩니다.

아직도 의학 발전을 위해서 동물실험이 필수적이라고 생각하는 사람들이 많이 있습니다. 다수의 의견을 무조건 따르는 사람들도 있습니다. 그러나 의존적인 태도는 인간과 동물의 유전학적 차이점을 간과하는 결과를 불러옵니다. 역사상 최악의 의료사고를 발생시킨 탈리도마이드 사건이 바로 그 예시입니다. 동물 실험에만 의존하여 빠르게 상용화된 탈리도마이드는 인간과의 생물학적 차이 때문에 약 48개국에 1만 2천여 명 이상의 기형아를 태어나게 했습니다. 그러나 미국 FDA의 캘리 박사는 탈리도마이드의 서류에서 그 허점을 발견했고, 경제적 인 이유로 신속한 출시를 밀어붙인 다른 직원과 제약사의 압박 에도 불구하고 1년간 시간을 끌어 탈리도마이드의 미국 배포 를 막아냈습니다. 효율보다는 윤리를 기반으로 한 행동이 미국 전체를 구한 것입니다. 숫자나 통계를 뛰어넘는 오류가 어디선 가 발생할 수 있다는 것을 보여주는 사례이기도 합니다.

필수적으로 반복되는 일상에서는 오로지 나 자신만을 바 라보아도 됩니다. 자기연민과 합리화로 무장하고 '지금 당장 의 나'만을 생각해도 오늘 하루는 무사히 넘길 수 있습니다. 시골길 짧은 줄에 묶여 컹컹 짖어대는 강아지를 보며 사나운 개라고 혀를 끌끌 차고, 어깨를 치고 지나가는 사람의 잔뜩 굳은 얼굴을 보고 마음으로 욕설을 퍼붓기도 합니다. 그러나 시야를 조금만 확장해보면, 사람의 애정을 갈구하며 한가로운 산책을 꿈꾸는 강아지의 애달픈 마음이 보이고, 지나가는 사람을 피할 수 없을 정도로 고되고 힘든 그 사람의 사정을 상상할 수 있게 됩니다.

어쩌면 무턱대고 비난하거나 동조하는 편이 훨씬 더 쉽고 편한 방법일 겁니다. 표지와 줄거리만 대충 훑어본 사람이 꼼꼼하게 읽고 깊이 생각한 사람보다 그 책에 관해서 더 쉽게 단언하곤 하는 것처럼 말입니다.

고개를 들어 세상을 바라보게 하는 것. 그게 바로 문학의 힘이 아닐까 생각합니다. 이야기는 상상력과 공감을 불어넣어 이해의 폭을 넓힙니다. 세상의 부조리를 조명하여 변화를 꿈꾸게 합니다.

『어느 개 이야기』를 통하여 불편한 현실을 들여다볼 용기를 얻게 된다면 좋겠습니다. 단정 짓기를 잠시 미뤄두고 대화를 나누어보기를 바랍니다. 책을 재료삼아 각자 안에 다양하게 자리 잡은 윤리를 가만히 들여다볼 기회가 생기기를 기대해봅니다.

마크 트웨인

1835-1910

미국의 현대문학은 그의 작품으로부터 시작했다고 어니스트 헤밍웨이는 단언했고, 미국 문학의 아버지라고 윌리엄 포크너는 칭송했다. 『허클베리 핀의 모험』과 『톰 소여의 모험』으로 잘 알려진 풍자 문학가이자 사회운동가, 마크 트웨인이다.

본명은 사무엘 랭그혼 클레멘스(Samuel Langhone Clemens)이다. 잘 알려진 '마크 트웨인'은 필명인데, 배가 안전하게 지나가기 위해 필요한 강의 깊이를 의미하는 미시시피 뱃사람들의 말에서 가져온 것이라는 설이 있고, 그가 술집에 가면 언제나 두 잔의 위스키를 시키며 영수증에 두 잔을 적으라고 외친 데에서 따왔다는 설이 있다. 물론 전자의 추측이 더욱 유력하다.

미주리주의 가난한 개척민의 아들로 태어나 4살 때부터 항구 도시인 한니발에서 자랐다. 여섯 남매 중 성인이 될 때까지 살아남은 것은 트웨인을 포함해 단 세 명뿐이며, 그가 11살이 되는 해에 아버지가 폐렴으로 세상을 떠났다. 그의 유년기는 매우 열악했다고 할 수 있지만, 어릴 적 한니발에서의 삶은 그의 작품을 관통하는 배경과 주제로 굳어진다.

아버지가 돌아가시고 1년 뒤, 초등학교 5학년 교육을 마지막으로 학교를 떠나 직업전선에 뛰어든다. 인쇄소의 견습생으로 일을 시작했고, 18살 무렵에는 한니발을 떠나 뉴욕, 필라델피아, 세인트루이스, 신시내티 등을 전전하며 인쇄공으로 일했다. 24살이 되던 해에는 당시 상당히 높은 소득을 보장하는 미시시피강 수로 안내인으로 일하기도 했다.

첫째 형인 오리온(Orion)은 한니발 저널(Hannibal Journal) 이라는 신문사를 운영했는데, 덕분에 트웨인은 인쇄소 견습생 으로 일하면서부터 '조쉬(Josh)'라는 필명으로 기고를 시작한 다. 단발성 기고로 시작된 작가로서의 삶은 여러 신문사로 확장 되며 장기 연재로 이어졌고, 성인이 된 후에는 샌프란시스코의 신문기자로 일하며 명성을 얻기 시작했다. 32살 무렵에는 대담 히 풍자적인 희극 단편집 『캘리베러스군의 명물 뛰어오르는 개 구리(The Celebrated Jumping Frog of Calaveras County)』 (1867)를 출간하여 호평을 얻었다.

학교에서 고등 교육을 받지는 못했지만 공립 도서관에서 보이는 대로 책을 읽으며 혼자서 지식을 쌓았다. 그리고 그는 훗날 작품과 업적으로 인정받아 예일 대학교 명예문학박사, 미주리주립대학교 명예 법학박사, 옥스퍼드대학교 명예 문학박사 등의 명예 학위를 취득한다.

『허클베리 핀의 모험』과『톰 소여의 모험』은 미국 문학뿐만 아니라 세계적인 대작으로 손꼽히며, 가장 미국적인 작품으로 평가받고 있다. 성장소설로 알려졌지만, 그의 작품은 풍자와 해학에 중점을 둔다. 자유주의 국가인 미국이 노예제도를 옹호하는 모순을 지적하며 노예제도 철폐를 지지했고, 제국주의와 식민지화를 비판하고 반대하는 내용을 담았다. 진보적인 기독교(장로교)의 성실한 신자였지만 기독교의 근본주의를 비판했고, 기독교회의 해외선교가 사실상 제국주의 침탈과 연관되어 있다는 점을 지적했다. 여성의 권리 신장과 노동조합을 지지하였으며, 동물실험을 그 실리적 측면이 아닌 도덕적 측면에서 바라보고 공식적인 반대 의견을 표명하기도 했다.

수많은 명언과 발명품을 남긴 마크 트웨인의 삶은 누구보다 파란만장했다. 마지막까지도 그의 삶은 소설 같았다. 사랑하는 두 딸과 아내 올리비아를 먼저 떠나보내고 혼자 남겨진 마크 트웨인은 이렇게 말했다고 한다.

"1835년 핼리 혜성이 지구를 방문한 해에 나는 태어났지. 이제 내년이면 핼리 혜성이 다시 이곳을 찾게 되겠군. 그러니 나는 혜성과 함께 이곳을 떠나야겠어. 만일 그렇게 되지 못한다면, 나는 어쩌면 인생 최대의 실망을 느끼게 될지도 몰라."

실제로 그가 태어난 것은 핼리 혜성이 지구에 근접한 1835년 어느 날이었고, 핼리 혜성이 지구를 다시 찾은 다음 날인 1910년 4월 21일, 마크 트웨인은 급성 심장마비로 세상을 떠났다.

터스키기
매독 생체실험

1932년 미국 공중보건국은 앨라배마의 터스키기 연구소와 협업하여 매독을 치료하지 않고 방치하였을 때 어떻게 진화하는지 살펴보기 위한 생체실험을 진행했다. 앨라배마 농촌 지역에 매독에 걸렸으나 경제적인 이유로 치료받지 못하는 농부가 많다는 사실을 이용하였고, 메이컨 군에 거주하는 가난한 흑인 남성 600명을 대상으로 했다.

실험은 매독, 빈혈, 피로증을 포괄하는 지역 방언인 '악혈(bad blood)'을 치료한다는 명목으로 피험자들을 매독에 감염시킨 후 각종 검사를 진행했다. 무료 건강검진으로 속여 식사와 의료 서비스를 제공했고, 사망할 경우 상조비용까지 지급했다. 실험을 위해 뇌척수액을 추출하고 아스피린과 철분제를 치료제로 속여 처방했으며, 인근 병원에는 피험자 명단을 공유하여 그 어떤 치료도 받지 못하게 하는 등, 피험자를 모든 의료행위에서 철저하게 배제했다. 1943년에 매독 치료에 효과적인 패니실린이 개발된 후에도, 실험 지속을 목적으로 대상자를 치료하지 않았다.

실험의 과정과 결과는 의학신문에 정기적으로 보고되었다. 그러나 누구도 윤리적 문제를 지적하지 않았다고 한다. 1972년 공중보건국에 근무하던 피터 벅스턴이 지인의 신문사에 제보하여 이 사건은 세상에 알려지게 되었다. 결국 실험은 1973년 중단되었고 청문회까지 열리게 되었지만, 사건과 관련된 의사들은 잘못을 전혀 인식하지 못했다. 그들은 이렇게 말했다.

"이미 가난해서 치료도 못 받고 죽을 사람들인데 그냥 죽을 바에는 의학 발전에 이바지하는 게 낫지 않은가?"

이 실험으로 피험자 중 28명은 매독으로 사망하였고, 100명은 매독 합병증으로 사망하였으며, 40명은 아내에게 전파하였고, 19명은 선천성 매독에 걸린 아이를 출산했다.

실험 생존자와 유족은 정부를 상대로 소송을 걸어 승소하였고 10억 달러의 보상을 받게 되었다. 또한, 빌 클린턴 대통령은 1997년 생존자들을 백악관에 초대하여 공식적으로 사과했다.

터스키기 매독 생체실험은 생체실험의 비윤리성에 관하여 다시 한번 생각하게 만드는 계기가 되었다. 실험을 추적하던 중 터스키기 매독 생체실험을 주도했던 존 커들러 박사는 매독 치료의 효과를 확인하기 위하여 과테말라에서 5500여 명을 대상으로 생체실험을 진행했다는 사실이 밝혀졌다.

터스키기 매독 생체실험은 인체를 대상으로 하는 연구에 관한 대중의 인식을 높이는 데 이바지했지만, 소수집단이 정부 차원에서 진행하는 백신과 의학적 처치를 불신하게 되는 배경이 된다. 코로나바이러스가 창궐한 2020년, 미국 흑인 인구의 50%가 백신 접종을 하지 않겠다고 답변한 것도 이 사건과 무관하지 않을 것이다.

트웨인의
편지

Dear London Anti-Vivisection Society

I believe I am not interested to know whether
Vivisection produces results that are profitable to the
human race or doesn't. To know that the results are
profitable to the race would not remove my hostility to it.

The pains which it inflicts upon unconsenting animals
is the basis of my enmity towards it, and it is to me
sufficient justification of the enmity without looking
further. It is so distinctly a matter of feeling with me,
and is so strong and so deeply-rooted in my make
and constitution, that I am sure I could not even see a
vivisector vivisected with anything more than a sort of

런던 동물실험반대협회 귀하

조심스럽게 말하자면 나는 살아있는 동물을 대상으로 하는 생체실험이 인류에게 도움이 되는지에 아무런 관심이 없소. 인류에게 커다란 유익을 가져온다고 할지라도, 내가 느끼는 이 혐오감은 절대 줄어들지 않을 것이기 때문이오.

끔찍한 고통 그 자체가 내 혐오감의 뿌리이기 때문이오. 생체실험의 과정에서 아무것도 모르는 동물들이 느낄 그 끔찍한 고통 말이오. 그 이유 하나만으로도 내게는 동물실험을 반대할 충분한 이유가 되기에, 다른 장점을 찾아볼 생각조차 들지 않소. 그렇소. 나의 입장은 온전히 감정적인 이유로 굳어진 것이며, 나의 신념은 이를 기반으로 세워진 것이오. 그렇기 때문에 동물실험을 행하는 인간들이 반대로 실험을 당하는 운명에 처

qualified satisfaction.

I do not say I should not go and look on; I only mean that I should almost surely fail to get out of it the degree of contentment which it ought, of course, to be expected to furnish.

May 26, 1899

해진다 하더라도 나는 전혀 기껍게 느끼지 않을 것이오.

안타까운 마음에 그런 상황의 역전을 상상해본 적도 있긴 하오. 하지만 반대 상황이 되어도 나는 분명 그 어떤 만족감도 얻지는 못할 것이 분명하오.

1899년 5월 26일

반려견과
실험견

클로드 베르나르는 과학계에서 가장 위대하다고 손꼽히는 과학자 중 하나다. 민간요법과 의학이 크게 다르지 않던 시절, 약물의 주먹구구식 처방에 그는 충격을 받았고, 생리학과 의학 분야에서 과학적 방법의 사용을 확고히 해야 한다고 주장했다. 따라서 그는 설정한 모든 가설은 엄격하게 통제된 동물실험을 통해 검증해야 한다고 믿었다.

그는 시골 마을 포도원 농사꾼의 아들로 태어나 가난하게 자랐다. 희곡작가를 꿈꾸었으나 재능이 없다는 비평가들을 말을 듣고 약제사의 수습생으로 들어갔다.

당시 약물 요법은 약제사의 경험에 크게 의존하는 상황이었고 전혀 과학적이라 할 수 없었다. 이에 환멸을 느낀 베르나르는 더 정확한 의학을 추구하기 위하여 의사가 되었고, 운 좋게 당시에 이름을 날렸던 생리학자 프랑세즈 마장디의 조수가 된다. 의과대학을 졸업한 뒤 교수가 되기를 희망했지만, 임용시험에서 탈락하여 마장디 교수의 개인 실험실에 들어가 연구를 시작한다.

19세기 유럽은 병원 시설의 확장과 의학발전에 발맞춰 동물실험이 성행하고 있었다. 마장디 교수의 유명세 역시 동물 해부로 이룩한 과학적 발견에 의존했다. 그러나 당시만 해도 의사라는 직업이 경제적으로 부유한 직업군이 아니었기에 떠돌이 개를 잡아다가 해부하는 경우가 많았다고 전해진다. 가난에 허덕이던 베르나르는 모든 것을 포기하고 귀향까지 생각하지만,

친구의 권유에 많은 지참금을 가지고 올 부유한 의사의 딸, 마리 프랑세즈 마틴과의 결혼을 선택한다.

마틴이 가져온 지참금 덕분에 그의 연구는 계속되었고, 결혼 후 베르나르는 커다란 학문적 성취를 연달아 이루게 된다. 2년 뒤 부교수의 자리에 오른 그는 세 가지 원칙을 고수했다고 전해진다.

1. 생명력의 개념은 생명을 설명하지 못한다.

2. 동물생체해부는 생리학적 연구에 필수적이다.

3. 생명은 물리화학적 힘에 의해 기계적으로 결정된다.

동물실험 이외에도 베르나르는 실험의 편향 작용을 막기 위해 정보를 공개하지 않는 맹검법을 고안하기도 했다. 생리학에서 손꼽는 발견은 클로드 베르나르의 업적이다. 생체에서 글리코겐이 생합성된다는 것을 밝혀내며 '내분비'라는 용어를 최초로 사용했다. 또한, 혈관운동신경에는 수축신경과 확장 신경이 있다는 것을 입증하였으며, 생명체의 내부 환경은 일정하게 유지된다는 항상성을 발견했다. 독극물인 큐라레에 의한 마비를 약리학적으로 연구하였고, 실험과 후학 양생이 불가능해진 노년에는 『실험의학 연구 방법 서설』을 집필하였는데, 지금까지도 실험의학자의 고전으로 남아있다.

클로드 베르나르와 결혼한 마리 프랑세즈 마틴은 부유한 의사의 딸이었다. 베르나르는 지참금에만 관심이 있을 뿐 아내와 가정에 큰 관심을 두지 않았다. 그는 자책에 차린 실험실에 학자들을 불러 모아 실험하곤 했는데, 동물실험의 왕자라는 별명에 걸맞게 여러 동물이 동원되었다.

췌장의 기능을 연구할 때는 동물을 굶기거나 식단에 변화를 주어 소변의 산성도를 연구했고, 유의미 변화를 추적하기 위해 산채로 해부하여 장기를 꺼내기도 했다. 간의 글리코겐 기능을 연구할 때는 뇌와 간을 끄집어내 당 산출기능을 밝혔다. 혈관 운동 기능을 입증하기 위해서 수많은 토끼와 개의 목 교감 신경을 절단했고, 큐라레의 활용을 알아보는 과정에서는 수많은 개구리가 희생되었다.

그는 "생명과학이라는 훌륭하고 눈부신 장소에 도달하기 위해서는 길고 역겨운 부엌을 거쳐야만 한다"라고 주장하며, "과학자는 일반인이 아니다. 과학자는 지식인이자 사상을 흡수할 능력을 타고난 사람이다. 그러므로 과학자는 고통에 신음하는 동물의 울음소리를 듣지 않고 분수처럼 솟구치는 피를 보지 않는다. 과학자의 눈에 보이는 것은 오직 비밀을 감추고 있는 유기체와 밝혀내야 하는 가설뿐이다."라고 주장했다.

그러나 마장디와 베르나르의 실험에 참관한 과학자들은 둘의 실험이 비윤리적이며 가학적이기까지 했다고 회고한다. 마취제인 에테르가 발명된 이후에도 마취제 없이 실험을 진행했다는 사실이 그들의 주장을 뒷받침한다. 클로드 베르나르의 동물실험에 초대되어 약 4달간 실험에 참관한 저명한 과학자 조지호간 역시 실험실에서 일어나는 일들은 결코 지성적이고 학구

적인 것이 아니었다고 회상하며, 잔혹한 인류의 최악을 보았노라고 증언했다.

그의 가족들은 그러한 의학적 탐구를 달가워하지 않았고, 희생되는 동물에 대하여 죄책감을 느껴 길거리에서 마주치는 떠돌이 동물까지도 살뜰히 돌보았다고 한다.

그러던 어느 날, 마틴과 아이들이 휴가차 한동안 집을 비웠다가 돌아와 보니 그들이 사랑하는 반려견이 보이지 않았다. 베르베르의 과학적 탐구를 위해 강아지가 희생당한 것이다. 마틴은 큰 충격을 받았고, 결국 1870년 이혼과 분가를 선택하기에 이른다.

그 후 1883년, 마리 프랑세즈 마틴은 프랑스에 동물실험 반대협회를 설립하여 무분별하고 비윤리적인 실험을 적극적으로 반대하는 운동을 시작했다.

클로드 베르나르는 프랑스 과학 아카데미 생리학 분야에서 세 차례 수상했고, 국립 자연사 박물관의 생리학 학과장으로 임명된 바 있으며, 프랑스 의학 아카데미의 회원으로 선출되기도 했다. 1878년 사망했고, 그의 장례식은 위대한 과학적 업적을 기리는 의미에서 프랑스 국장으로 치러졌다.

지키기 위한
노력

동물실험을 반대하는 목소리는 윤리적인 이유에서 시작되었지만, 이제는 효용성의 영역에까지 뿌리를 내리고 있다. 덕분에 유럽에서는 화장품 개발에서의 동물실험을 2013년 전면 금지하였고, 우리나라에서도 비슷한 법안이 2015년 12월 31일부로 통과되었다.

　기존의 방법은 화장품 독성을 실험하기 위하여 동물을 사용하였다. 예를 들자면 눈에 들어가기 쉬운 마스카라, 라이너, 클렌징워터, 샴푸 등을 개발할 때는 독성을 평가하기 위하여 흰색 토끼를 사용한다. 토끼를 움직이지 못하도록 상자에 넣어 머리를 고정하고, 눈을 감지 못하도록 눈꺼풀을 접착한다. 그리고는 제품에 들어가는 화학 물질을 지속해서 주입하는 것이다. 이 과정에서 많은 토끼가 죽거나 미쳤고, 실험을 이겨낸 토끼는 안전성을 문제로 안락사당했다.

하지만 오늘날은 같은 실험을 위해 인간의 각막세포를 배양한다. 원료 물질을 다양한 농도로 희석하여 각막 세포에 노출하고, 세포가 죽는지 혹은 사이토카인이라는 물질이 분비되는지를 살핀다. 사이토카인은 면역세포가 활성화될 때 분비되는 물질이기 때문에, 사이토카인의 분비는 인체가 위협을 당했다는 의미가 된다.

과학의 발달도 동물실험을 대체할 방법이 생겼다는 사실 이외에도, 동물실험을 통한 독성 확인법이 한계에 이르렀다는 시각도 있다. 실제로 2007년부터 2011년까지 실험한 신약 후보 물질의 94%가 동물실험에서는 독성이 없는 것으로 확인되었지만, 임상실험 과정에서 독성이 발견되어 탈락했다. 이는 동물과 인간이 유전학적으로 같지 않으며, 동물실험에 의존한다면 1950년데 일어났던 탈리도마이드 사건 같은 비극이 다시 일어날 수 있음을 암시한다.

그러나 아직까지 의학, 생물학, 신약 개발 분야에서는 동물실험이 이뤄지고 있는데, 더욱 면밀하고 정확하게 따져봐야 한다는 목소리 때문이다. 이러한 경우에는 경제협력개발지구(OECD)에서 인정한 대체 시험법을 준수한다. 대체 시험법은 동물의 희생과 고통을 경감시키는 기준인 '3R'로 요약할 수 있다. 동물 사용을 피하는 방법으로 최대한 대체(replace)하고, 피할 수 없다면 사용되는 동물의 숫자를 줄이며(reduce), 실험을 위해서 동물이 느낄 고통을 최대한 완화(refine)하라는 것이다.

　더 나아가 동물실험을 피하기 위한 새로운 실험법에 관한 연구가 활발하게 진행되고 있다. 줄기세포를 이용한 실험, 컴퓨터를 이용한 독성 예측, 유전적으로 유사한 인공 아바타를 이용한 실험, 그리고 신약 재창출 등, 윤리적일 뿐만 아니라 더 효율적인 방법을 찾고 있는 것이다. 인간의 세포를 기준으로 하기에 정확도가 우수하고, 한 번에 다양한 물질을 적용할 수 있을 뿐만 아니라, 살아있는 동물을 다루지 않아도 된다. 이는 동물뿐만 아니라 약을 개발할 연구자, 그리고 약을 먹을 사람들을 지키기 위한 노력이라 할 수 있다.

탈리도마이드
사건

1957년 10월, '콘테르간'이라는 이름으로 탈리도마이드가 출시되었다. 연구진은 생쥐를 대상으로 한 독성 실험에서 체중 1kg당 5,000mg 섭취는 안전하다는 결과를 얻었다며, 소금의 치사량과 비교하면 16,000배를 투여해도 괜찮다는 의미라고 단언했다. 이는 진정제, 수면제, 최면제 등으로 만들어졌고, 제조사는 완전하게 안전한 의약품이라 광고했다. 특히나 입덧에 탁월하다고 널리 알려져 많은 임산부가 사용했다.

 이즈음, 사지가 짧거나 없는 신생아가 태어나기 시작했다. 해표지증이었다. 단지증, 심장 기형, 뇌 손상, 시력 및 청력 상실, 자폐증 등의 부작용도 함께 나타났으며, 생존율 자체도 낮았다. 원인을 조사한 결과, 기형아를 출산한 산모가 공통으로 '콘

테르간'을 복용한 것으로 밝혀졌다. 생쥐와 인간의 유전자적 차이 때문에 동물에게 투약했을 때는 발견되지 않은 부작용이 사람에게 나타난 것이다.

심층 연구 결과는 처참했다. 임신 20일 차에 복용할 때 태아의 중추에, 21일 차에는 눈에, 22일 차에는 귀와 얼굴에, 24일 차부터 28일 차까지에는 태아의 팔과 다리에 손상을 입히는 것으로 보고되었고, 42일 차 이후에 섭취했을 때는 그다지 영향을 주지 않는 것으로 나타났다.

부작용을 확인하고 1967년부터 판매를 중단했지만, 이미 전 세계 48개국에 납품되어 1~2만명의 피해자가 발생한 후였다. 집계되지 않은 숫자도 상당할 것으로 추측하고 있다.

그러나 미국은 그 피해로부터 안전할 수 있었는데. 바로 프랜시스 캐슬리 올덤 켈시 박사 덕분이었다. 탈리도마이드는 '케바돈'이라는 이름으로 미국에 들어왔다. 이미 유럽에서 널리 유통되고 있었기에 제약사는 FDA 승인을 위한 서류작업보다는 로비에 집중했고, 케바돈의 승인은 갓 입사한 켈시 박사에게 맡겨졌다.

당시 FDA에는 여자 직원이 단 한 명도 없었는데, 켈시 박사는 프랜시스라는 남성적인 이름 덕분에 남자로 오해받아 입사할 수 있었다. 회사의 유일한 여성 박사에 대한 사내 배척과 빠르게 유통하고자 하는 제약사의 압박에도 불구하고 켈시 박사는 자신의 윤리를 고집했다. 케바돈을 승인하기에는 필요 서류와 자체 실험자료가 미비했던 것이다.

박사는 케바돈의 승인을 6번이나 반려하며 심층 분석을 요구했고, 그렇게 시간이 지나는 동안 유럽에서 탈리도마이드의 심각한 최기성이 입증되어 제약사는 케바돈의 판매 신청 자체를 철회했다.

온갖 압박에도 대중의 의견을 따르지 않고 자시의 신념을 지킨 켈시 박사의 업적은 제약업계에 대한 FDA의 감독을 강화하는 법률을 세우는 데 영향을 주었다. 1962년에는 케네디 대통령으로부터 훈장을 받아 대통령상을 받은 두 번째 여성 공무원이 되었다. FDA는 2010년 철두철미한 업무태도를 강조하며 박사의 이름을 딴 '켈시 상'을 만들기도 했다.

"To cease to love–

that is defeat."

Susan Glaspell

"사랑하기를 멈추는 것.

그것이야말로 패배하는 것이다."

수잔 글래스펠

원숭이의 손 (The Monkey's Paw)

저자: 윌리엄 위마크 제이콥스

옮긴이: 차영지

일러스트: 정지은

소원의 대가가 불행이라면?

가지지 못한 것을 위해, 지금의 현실을

송두리째 걸 수 있겠습니까?

나이팅게일과 장미 (The Nightingale and the Rose)

저자: 오스카 와일드

옮긴이: 차영지

일러스트: 정지은

사랑을 풍자한 어른동화.

사랑에는 실체가 없다. 합의된 정의도

없다. 이름짓는 순간, 사랑이 된다.

누런 벽지 (The Yellow Wallpaper)

저자: 샬롯 퍼킨스 길먼

옮긴이: 차영지

일러스트: 정지은

이야기, 세상을 바꾸다.

문학이라는 장치를 사용하여 여성 인권

신장을 이룬, 19세기 여성소설의 성공 사례.

꿈의 아이 (The Dream Child)
저자: L. M. 몽고메리
옮긴이: 차영지
일러스트: 정지은

동화 같은 기적을 만나다.
절망적일땐 따스한 이야기를 읽어야 한다.
동화 속 기적이 현실에 찾아들기도 하니까.

굿맨 브라운(Young Goodman Brown)
저자: 나다니엘 호손
옮긴이: 차영지
일러스트: 정지은

당신의 신념을 의심하라.
주입된 믿음은 언젠간 깨지고 만다는,
필연적인 깨달음에 대한 은유다.

마음의 연대(A Jury of Her Peers)
저자: 수잔 글래스펠
옮긴이: 차영지
일러스트: 정지은

희망찬 마음의 연대기.
공감은 구원이 됩니다. 다르게 보이지만,
사실은 모두 같은 삶을 살고 있으니까요.

내로라 출판사를 검색하시면 더 많은 내로라한 책을 보실 수있습니다.

월간 내로라 시리즈

한 달에 한 편. 영문 고전을 번역하여 담은 단편 소설 시리즈입니다.
짧지만 강렬한 이야기로 독서와 생각, 토론이 풍성해지기를 바랍니다.

어느 개 이야기

지은이 마크 트웨인
옮긴이 차영지   디자인 감독 정지은
그린이 정지은   번역문 감수 박서교
펴낸이 차영지   우리말 감수 신윤옥 박병진

초판 1쇄 2021년 11월 01일
　 2쇄 2022년 07월 01일

내로라한 주식회사
내로라 출판사

출판등록 2019년 03월 06일 [제2019-000026호]
주　　소 서울시 마포구 양화로 81, 4층 412호
이 메 일 naerorahan@naver.com
홈페이지 www.naerora.com
인 스 타 @naerorabooks

ISBN: 979-11-973324-5-6